CoLeÇãO  SiGmUnD

Don Rossé Cavaca

Um Riso em Decúbito

Prefácio de Hélio Fernandes

CB046277

DESIDERATA

Coleção Sigmund
Copyright © desta edição 2007: Desiderata

CONSULTOR DE HUMOR

EDITORA
Martha Mamede Batalha
COORDENAÇÃO EDITORIAL
Gustal
PRODUÇÃO EDITORIAL
Danielle Alves Freddo
ASSISTENTE DE PRODUÇÃO
Camila Bicudo
CAPA E PROJETO GRÁFICO
Odyr Bernardi
DIAGRAMAÇÃO
Jan-Felipe Beer
S. Lobo
REVISÃO
Danielle Alves Freddo
Camila Bicudo
TRATAMENTO DE IMAGEM E FECHAMENTO
Vitor Manes
FOTOS: Arquivo familiar

EDITORA DESIDERATA
Av. N. Sra. de Copacabana, 928 / 402 – Copacabana – RJ – CEP: 22060-002
Telefax: (21) 3208-3919 www.editoradesiderata.com.br

CIP-BRASIL. CATALOGAÇÃO-NA-FONTE
SINDICATO NACIONAL DOS EDITORES DE LIVROS, RJ.

C363r
2.ed.

Cavaca, Rossé, Don, 1924-1965
  Um riso em decúbito / Don Rossé Cavaca. - 2.ed. - Rio de Janeiro : Desiderata, 2007
    - (Sigmund ; v.4)

  ISBN 978-85-9907-024-6

  1. Humorismo brasileiro. I. Título.

06-4311.   CDD 869.97
               CDU 821.134.3(81)-7

27.11.06 28.11.06   017108

Quem era Cavaca?

Don Rossé Cavaca representa um marco no humorismo dramático. Por que rotular como dramático um escritor que se destacou no humorismo? É que ele surgiu nos anos tumultuados de 1953/54, precisamente no clima e no ambiente mais inacreditável que o jornalismo já conheceu: a redação da *Tribuna da Imprensa*.

Alto, magro, irreverente, ele criava uma piscina de tranqüilidade naquele imenso mar de luta e de combate, onde muitos que não

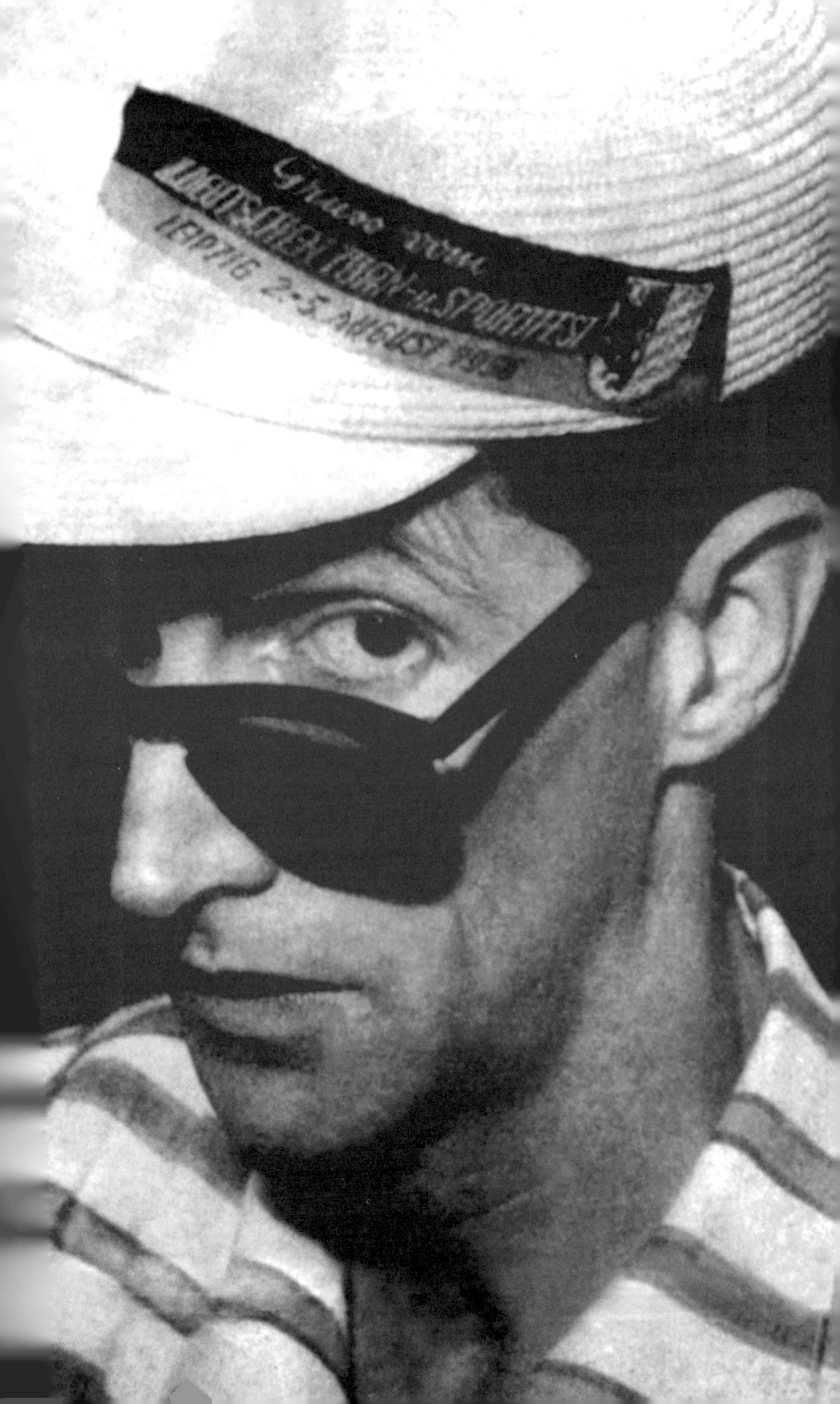

sabiam nadar jornalisticamente, naufragavam. E não é força de expressão ou jogo de palavras, é impossível reproduzir o que acontecia na *Tribuna* daquela época. Principalmente naquele café ao ar livre, onde tantos se divertiam ou divergiam. E que nomes conviviam com Don Rossé Cavaca! Na época, desconhecidos como ele, depois consagrados.

Foi ali que Don Rossé Cavaca surgiu, se transformou primeiro num grande profissional, depois numa atração e finalmente numa lenda, como é hoje. Por isso a necessidade, quase obrigatoriedade, deste livro, que revela (ou relembra) como se fazia ou como surgia o jornalismo daqueles tempos, ainda não profissionalizados inteiramente, a não ser pela revista *O Cruzeiro*, e depois pelo jornal *Última Hora*.

Como o Jô Soares, que menino se exibia gloriosamente para os que freqüentavam a piscina do Copacabana Palace (ele morava no anexo, usando a varanda como palco para conquistar o auditório de biquíni), Don Rossé Cavaca inicialmente fazia rir apenas os jornalistas que trabalhavam com ele. Mas eram tantos, que todo dia, chegando e vendo a redação cheia, Carlos Lacerda bradava: "Todos na redação? E quem está nas ruas fazendo reportagem e vendo as coisas acontecerem?"

Quem teve a idéia de lançar o livro de Don Rossé Cavaca, *Um Riso em Decúbito* (esta é uma palavra que saiu de moda, mas a posição continua com forte atração sexual), foi o Jaguar, consultor humorístico da Editora Desiderata.

O engraçado é que a editora e o consultor já fizeram o público rir com um dos livros de Millôr Fernandes, *30 anos de Mim Mesmo*.

Leiam o livro, riam a "bandeiras despregadas", como se dizia antigamente. Num tempo em que o Brasil tinha bandeiras e ainda não se despregara da Ética, da Moralidade, do Mensalão, dos Sanguessugas, todos engraçadíssimos, principalmente pelo fato de continuarem em liberdade.

Hélio Fernandes,
jornalista

NOTA DOS EDITORES: Esta nova publicação de *Um Riso em Decúbito* preserva características da versão original do livro, lançado em 1961: cada página contém apenas um conceito, uma poesia, uma frase. A intenção de Cavaca era conservar a força do texto, dando ênfase à crítica social, humana ou política. Na primeira edição, o livro custou 995 cruzeiros e, dentro do volume, uma nota de cinco cruzeiros foi incluída para tornar *Um Riso em Decúbito* o "único livro do mundo que já vem com o troco", como disse o próprio autor. O espírito da brincadeira foi mantido e, mesmo após muitas inflações e trocas de moedas, esta edição também vem com troco: uma moeda de R$ 0,10 para o leitor.

Neste livro:

I
Livro Primeiro de Síntese

II
Síntese do Livro Primeiro

I

**Na promiscuidade
dos bairros que crescem
em sentido vertical,
Há binóculos
de comprovada experiência
sexual.**

A multidão se arrasta
sobre o leito da via férrea.
O quadro é típico
do subdesenvolvimento
Pois me asseguram
que por baixo dela
Há um trem em movimento.

**A Bíblia conta
à sua maneira
que Adão
também comia maçãs
em outra macieira.**

Briga com os pais
a mulher.
E num gesto
decidido
vai pra casa
do marido.

O tempo que levei
aprendendo a extrair
uma raiz quadrada,
este sim
foi um tempo precioso
que poderia ter aplicado
em fazer nada.

– Os jovens Marlon Brando
para a esquerda.
Os jovens Elvis Presley
pra direita.
Alguém se mexeu?
Pois sim!
Estavam todos
impecavelmente
James Dean.

**Chinelo embaixo da cama
conforto é.
Mas cadê
o outro pé?**

Os psicanalistas consideram a atitude
do humilde pica-pau
perfeitamente lógica.
Para viver
entre faisões dourados
bem nascidos
picou em pedacinhos
sua árvore genealógica.

Agora
mata-me a dúvida
sobre teu porte bacana.
Quando vais à praia
Vais de short
de maiô
ou de Olaria-Copacabana?

**Não seria conveniente
que a nova geração
aprendesse
com a geração
madura
que pirâmide
já foi bossa nova
em sepultura?**

Rio – (urgente)
Um porta-voz autorizado
anunciou
que São Sebastião
teria declarado
em Vinte de Janeiro:
– Ou esta cidade toma jeito
ou renuncio à condição
de padroeiro.

**Pelas Leis Trabalhistas
de um País
em socialização.
Pra demitir meus patrões,
Qual a indenização?**

Ali estava um sanatório
modelar:
Enfermeiras selecionadas
na Socila
E uma boate no terceiro andar.

Outro fato
admirável
Um foguete americano
não subiu
mas lançou a terra
a uma distância
razoável.

Graças à liberdade
de ir e vir
Assegurada na Constituição
O nordestino
tem oito milhões
quinhentos e vinte
e cinco mil
quilômetros quadrados
para morrer de inanição.

E você?
Que não vejo desde
a semana passada.
Continua solteira
ou já está desquitada?

Uma publicação americana
de Teologia
Diz que Deus fez a Broadway
no terceiro dia.

O cravo brigou com a rosa.
Motivo: intriga.
O pólen do crisântemo
pôs a rosa de barriga.

**O solteirão sem atrativos
segue o destino:
Cibalena à noite
para dormir com algo
feminino.**

Morreu de infarto
o João.
Comentário geral:
um ótimo coração.

**Sem querer
foi falindo
falindo
falindo
até falecer.**

Se o coveiro
é teu amigo
certamente
te garantirá
melhor abrigo.

Acorda, João. Você tem que trabalhar e já passa de 1934.

Uma boa piada, pena que foi de propósito.

Os americanos reconhecem que belicamente os russos estão muitos preparados para a Paz.

Enfim, os desquitados estão sós.

Ladrões assaltam na rua como se estivessem vendendo apartamentos.

Compreendo, compreendo, eu também sou um incompreendido.

A impressão que se tem é a de que os telefones em Paris só falam coisas picantes.

Como ficas ridículo de roupa sóbria!

A sífilis e as capitanias eram hereditárias.

Vocês não têm que opinar coisa alguma sobre nacionalização das fábricas de brinquedos. Isso não é assunto de criança.

Há milhares de notas falsas em circulação, mas tão prestativas que conquistaram a confiança de todos.

Um crime sexual por mera questão de sexo!

Repórteres tentaram descobrir mais corpos, em busca de melhor notícia.

O jeito é uma revolução! Sabe quanto está custando um iate?

É profundamente ridículo esse teu corpo
praticando boas ações.

Que foi que você sentiu quando soube que havia nascido no Brasil?

Uma criança tão risonha e franca, em escola tão sisuda.

Comentaristas internacionais admitem a quarta guerra mundial mas muito retardada pela terceira.

Que África estão fazendo os africanos!

Na situação em que me encontro, se puserem um revólver na minha frente eu vendo imediatamente.

É tanta polícia que a gente fica sem a mínima garantia.

Bebeu veneno e o legista descobriu que era uma solução.

Precisamos de leis rigorosas como a tradição inglesa.

Flagrei minha mulher me pegando em flagrante.

Acredito na sua honestidade mas a quadrilha já está formada.

Meninas de sete anos que fumam como se já tivessem onze.

Um destes viveiros que matam de inveja os passarinhos livres.

É a quinta massa fria vinda do Sul que o Rio desmoraliza.

Agora gostaria que as senhoras fizessem silêncio, mas todas ao mesmo tempo.

Prometheu cumpriu?

Puxa! A Vida Eterna, como deve ser cansativa.

Deixar de amá-la depois de dez anos de casados? Só se eu não tivesse senso de responsabilidade.

A arte vai evoluindo, evoluindo, até chegar ao princípio.

Tem cura, doutor? Se tem, vamos desenterrá-lo.

Mesmo impregnados de cidade, sempre nos sentimos com vocação para fazendeiro rico.

Com certa decepção, concluímos que a aeromoça não faz parte do bilhete.

Bons tempos aquele! Como se ganhava pouco!

Futuramente, os mortos serão lançados ao espaço, em órbita oposta ao sentido das almas.

O verde e o amarelo conseguiram entrar para a História. O azul e o branco foram doados às Escolas de Samba.

Para atingir o nível do nosso futebol, os europeus terão que se subdesenvolver muito.

A decoração moderna exige algo novo em matéria de antiguidade.

Meu bem, agora desliga a televisão que eu quero te apresentar os amigos que jantaram conosco.

Acredito que na Europa um lotação só mataria em legítima defesa.

Velório chato. Cafezinho excelente.

Há certos mortos que francamente! Deveriam respeitar a memória dos que ficam.

Caiu um operário do décimo andar,
inutilizando quatro caixas de ladrilhos.

Um botânico puro como a Botânica acredita que os pinheirinhos, quando ainda tenros, acreditam em Árvore de Natal.

Muito lento o progresso das pequenas cidades do interior. De quarenta em quarenta anos muda o nome do farmacêutico.

Majestade! O bobo da corte está se divertindo à nossa custa.

Assaltado o Banco do Brasil por ladrões de verdade.

O farol de neblina tem uma vantagem: torna a neblina amarela.

Atenção para as últimas notícias da greve dos noticiaristas.

Ao que tudo indica, o governo Salazar vive suas últimas anedotas.

Kalapo foi o primeiro índio do cinema americano que conseguiu chegar vivo até o décimo segundo episódio.

Que corrupção é esta que a gente morre sem conseguir atingi-la?

Armendaris Fuentes Cataláño! Com esse nome a impressão que se tinha era a de que o povo espanhol o esperava para liderar uma revolução qualquer. No entanto, passou a vida toda ajudando missa em Macaé.

Não é pra te elogiar não, mas o enterro de teu pai estava um show.

Alguns átomos também se consideravam íntegros.

A Voz do Brasil tem novo patrocinador.

Cheguei da China sábado. Quanta criança!

Nunca vi tamanho talento para herança.

Depressa, Pedro! Grite logo que estamos às margens do Ipiranga e a letra do hino já está pronta.

Eu te pedi humor negro, não uma piada racista.

E é o princípio apenas. Ainda estamos na idade da bomba lascada.

EPÍLOGO

Humoristas agora lutam por um mundo menos engraçado.

Conheça outros lançamentos da Editora Desiderata

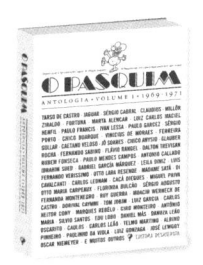

Se deseja saber novidades, mande um e-mail para desiderata@editoradesiderata.com.br
www.editoradesiderata.com.br

Um Riso em Decúbito
foi editado em fevereiro de 2007.
Miolo impresso em papel offset 90g e capa em papel
cartão triplex 250g, na Zit Gráfica.